A guardian

前田頼子
Yoriko Maeda

文芸社

『目　　次』

限り ―――――― 6

ｉｎ　ｔｈｅ　ｗｏｒｌｄ ―――――― 7

鎮魂歌 ―――――― 8

The time ―――――― 10

真実 ―――――― 11

蒼 ―――――― 12

月が満ちるまで・・・ ―――――― 13

ｗｈａｔ？ ―――――― 14

beautifully ―――――― 15

花が咲く頃 ―――――― 16

独創 ―――――― 17

ｒｅａｓｏｎ ―――――― 18

時のrefrain ―――――― 19

ｐｒｏｂｌｅｍ ―――――― 20

華やぎ ―――――― 21

Prayer　～祈り～ ―――――― 22

臨界点 ―――――― 24

ｌｏｖｅ　ｓｏｎｇ ―――――― 25

薔薇 ―――――― 26

愛しい人へ・・・ ―――――― 27

A n y t h i n g ―――― 28
Fake ―――― 30
最良 ―――― 31
ラストダンスに君を誘おう ―――― 32
勝者の条件 ―――― 34
不死鳥の涙 ―――― 35
風の行方 ―――― 36
A guardian ―――― 38

終わりに・・・・。 ―――― 40

A guardian

『　限り　』

分かり合えない　　何かがある
分かり合いたい　　何かがある

分かり合えない　　誰かがいて
分かり合いたい　　誰かがいる

分かり合えてる　　“何か”
すべては　　　　　“ここ”に始まり
すべては　　　　　“ここ”に終わる

そう気がついたのは　いつのことだろう・・・・
そして泣かなくなったのは・・・・・？

『 in the world 』

君を見つけて　　　　どれだけの思いを胸にしただろう
君を見つめ続けて　　どれだけの時が経ったのだろう

そしていくつの季節を後にしたのか

幾多の生き物がいるように
幾多の思いがあるのだろう

幾多の自分がいるように
幾多の君がいるのだろう

思いが届かないのは　　君が届けようとしていないだけ
思いが叶わないのは　　君が叶えようとしていないだけ

“何もいらない” と思うのは
君が “すべて” を望んでいるだけ

『 鎮魂歌 』

何も思わず、何も考えず
何も感じず、何も悩まず

記憶の底に身をゆだねる
なんと甘美な夢が見れることか
願わくば醒めないことを・・・・

争って、争って、争って、争って、、、、、、
“生きる”
自分の醜ささえ見ない愚かな者たちよ
自分のあさましささえ分からない恐ろしき者たちよ
この世に生を受けたことを悔やむがいい
犯した罪の重さをその身で知る日は遠くはない

涸れはててゆく湖に花は朽ち
枯れはててゆく樹々に鳥は泣き
枯れはててゆく心に風が吹き
枯れはててゆく魂に月が嘆く

何も思わず、何も考えず
何も感じず、何も悩まず

そして、誰も恨まず

次に目を開けたとき、この瞳には何が映るのだろうか

『 The time 』

例えば“その”瞬間、
あきらめるより、想い続けたほうがいい
例えば“その”瞬間、
涙するより、前を見つめ続けたほうがいい
例えば“その”瞬間、
守られるくらいなら、護り続けたほうがいい

未知のものは未知のままに
夢の中は夢のままに
“その”時できる精一杯のことをしたいから

例えば“その”瞬間、
ひとすじの雫となりはてても、咲き続けよう
何かに届く光であるために。

『　真実　』

どれだけの時間が過ぎ行きても
忘れられない　　　　“何か”がある
人はそれを　　　　　“こだわり”と言うけれど
忘れてはならない　“何か”
それは・・・
何かを忘れられない　しあわせ
忘れたくないと想える　しあわせ
こだわる自分への　しあわせ

どれだけの時間が過ぎ行きても
忘れては“生きて”ゆけないことがある。
忘れてはいけないことがある。

『 蒼 』

ただ一度の人生だから
ほんの少しの生命だから
哀しみさえも愛しく思える
儚いからこそ意味がある、そんな今
永遠なんてさみしだけ
だから永遠の愛は誓わない、誓えない、誓わせない
さあ、ほんの少しの間だけれど
君のためだけに生きることを約束してみようか

あの革命家は何処へ逝った？
あの偽善者は何を言った？
あの芸術家は何を描けた？

みんなどれもとるに足らない些細なことばかり
そんな小さなものに魂をささげあがくのか

さあ、そんなくだらないことは忘れて
君のためだけに生きることを約束してみよう
そして、まばゆいばかりの光の中で静かに眠り
ひと時の静寂を共に楽しもう・・・・・

『　月が満ちるまで・・・　』

闇を彷徨うように
地の底を這うように
海の底に沈むように
深く、深く瞳を閉じよう

それは・・・・
可能性という名の一つの光を見出すための、ほんの少しの
“勇気”

それは・・・・
自分に何かを求めようとする、もっとも純粋な
“希望”

気が付けば暖かな光に包まれた君がいる

光の中にあっては見えない光があるように
風の中にあっては聞こえないささやきがあるように

心にあって心にならない心がある
心にあって心になれない心がある

『　ｗｈａｔ？　』

それは・・・・
君の中にあるものです
君の心で思うことです
君が決めたことです
君を磨くものです

君を殺してまでもすることですか？
君を殺してまでもしなければならないことでしょうか？

責任の重みは“どこ”にあるの。
責任の重みは“誰”にあるの。

『　beautifully　』

何より綺麗でいたいなら　　何より狂気であればいい
何より綺麗でいたいなら　　とっても美学であればいい

これが一番、綺麗で在る方法
夢を追っても仕方ない　　所詮、夢は夢
現実を見たって仕方ない　　所詮、ただの現実
それならいっそのことひたすら美学であり続けよう
人はそれを“狂気”と呼ぶけれど
本当はただの“平常心”　皆、見ないふりをしてるだけ
そうしなければ“普通”の中で生きてゆけないから

大切なものなんて分からない
永遠なんて約束できない
あの日のままでいられることを望めても
あの日のままではいられない

何よりも美しきものよ、真実の己の姿を見聞違うことなかれ
真に美しき獣の皮を被った己のみを愛せ！！

『 花が咲く頃 』

愛したくて　愛されたくて　愛していたくて
誰もが明日を夢に見る

今、この生命の存在に意味が欲しい
今、この心の思いに答えが欲しい
今、この時にしかなしえないものを手に入れたい

愛したくて　愛されたくて　愛していたくて
誰もが自分のすべてに夢を託す

そして
誰もが自分という“誰か”を愛し始める

『　独創　』

結局は正しいものなどひとつもない
どんなに深い悲しみも　どんなにひどい憎しみも
こんな小さな蒼い霊になる
幻または落とせばすぐに壊れる脆すぎるもの
誰かが悪いわけじゃない
初めから正しいものがなかっただけ
答えを持たなかっただけ
善と悪は用意されたものではなく　創りだすもの
真実と信頼は持たれるものではなく　持たせるもの
時間と自分は進むものではなく　進ませるもの

結局は正しいものなどひとつもない
正しいものの正しさに縛られて
正しいものの正しさに恐れを抱き　また、過ちを犯す
これぞまさしく愚行の限りにて
正しくありえるはずもなし

私とあなたは結ばれないものではなく　結べないもの
なぜなら
あなたの正しさは正しさにして正しさではないのだから

『 reason 』

本心たるものが純粋であり、美しいのは
“そこ” に偽りがないからだ

常に偽りで自分を保ち “平常心” でいる君よりも
貪欲なまでに “本心” でいる君のほうが
僕の眼に、妖しいまでに美しく映える

偽りを捨て去ってしか、見せることのできないもの
偽りを脱ぎ捨てた時にしか、見ることのできないもの
偽らなくてもいい誰かにしか、見せたくないもの

それは確かに “そこ” にある
そして “それ” こそが、僕が君の側にいるべき理由なのだ

『　時のrefrain　』

いつか時が終わるとしたら、それまでの時を
何よりも大切にしたい。
Manualのようには生きてはいけない
所詮、破壊者の位置付け
誰もが持ちえる、そんな気持ち。
それでも君は一人だけ・・・・
そう、だから一人きり。

いつか時が始まるとしたら、それからの時を
君だけの為に生きてゆきたい。
同じ過ちを繰り返すことはもうできない
それが、創造主の位置付け
君だからこそ成し得る、そんな未来。
それでこそ君は一人だけ・・・・
そう、だからこそ君。

書き換えはもうきかない
ゆっくりと、そして確実に時は動き出す。
せめて今度だけは瞳穢さず、また時が満ちるそのときまで
夢と現の狭間を楽しむとしようか・・・・・・

『 problem 』

“変わらないもの”を信じますか？

“変われないもの”を認めますか？

“変わろうとするもの”を許しますか？

“変わりたくないもの”がありますか？

“変わること”が普通なのだと、知っていますか？

『　華やぎ　』

ただ　ひたすらに　想いを描き
ただ　ひたすらに　穏やかであり
ただ　ひたすらに　ひたむきでありたい

ただ　ひたすらに　“愛したい”

『　Prayer　～祈り～　』

自らの心に“正”なるものよ

ここに来て　幸せの詩を聴いてほしい

たとえ　今この一瞬のものだとしても
たとえ　今この一瞬だけの喜びだとしても

それは喜びであって喜び以外ではないのだから

自らの心に“聖”なるものよ

ここに来て幸せの涙をぬぐってほしい

たとえ　未来につながるものがなかったとしても
たとえ　未来につなげられないとしても

それはあたたかな涙であって涙以外ではないのだから

この至福の時に　　この胸のふるえに

何か　偽りがあるのだろうか
何の　ためらいが必要だろうか

自らの心に“清”なるものよ

汝の到来を我は両手を広げて心一杯に受けとめよう

今というこの“一瞬”の想いにすべてをかけて・・・・。

『　臨界点　』

逃れさせてあげるのは　　　優しさじゃない
涙を流させてあげるのは　　思いやりじゃない
眠らせてあげるのは　　　　安らぎじゃない

逃げられるだけ逃げて、逃げ切れなくなったとき
泣けるだけ泣いて、泣きつかれたときに
眠れる場所を探して、疲れ果てたときに

ただ、そこに“いる”君の大きさが見えてくる
ただ、そこに“いる”君の大切さが分かってくる

ただ、そこには“真実”が残されている

『 love song 』

思い悩んで　　　思い悩んで
すべてをなくし
悲しんで　　　　悲しんで
心を壊す

そして、いつの日か君は

思い悩めることに“幸せ”を思い出し
悲しめることに“喜び”を感じる

それは・・・・・
近い未来にすべてを手に入れるためのプロローグだと
ほんのわずかな代償にすぎないのだ・・・と。

ただ、ひたすらに駆け抜けていった瞬間のささやきを
耳にすることだろう。

『　薔薇　』

ただ今は何処に“在る”のかさえ分からず
希望より絶望を信じる　そんな瞬間だとしても
壊された静寂が何より大切に思えたとしても
失う物がもう何もないなら
恐れることはもう何もない
壊された静寂をこの胸に
この時だけを見つめて
破滅への霧をふりはらう　光になろう・・・

『　愛しい人へ・・・　』

何が正しくて　　　何が間違いなのか
何が真実で　　　　何が過ちなのか

何を迷うのか

自分は自分の心を信じ
自分の心は自分を信じ

そして、“信じた者”を信じよう

『Anything』

過ぎ去りし愛しき日々たちよ

君は僕に何を与えてきただろうか
僕は君に何を与えてこれただろうか

理解し難い　哀しみも
納得のできない　怒りも
受け入れられない　寂しさも

すべてを飲み込むように、“愛して”くれた

今の自分があるのは　　誰のせい？
今の自分があるのは　　何のため？

答えはすべて、君がくれたことの中にあった

今日の君と僕との出逢いは
“いつ”につながっていくのだろうか・・・
今日の君と僕との出逢いは
“なに”につながっていくのだろうか・・・

答えはすべて、君のくれた僕の中にある

『　Fake　』

ほほえまれて　ほほえみかえす
そんなしあわせ　ゆめみたきみに
いつまでも　こいしてる
おわりのないものも
しんじられないくらいのやさしさも
すべてをひきかえにして　こいしてる
すべてをひきかえにして　きみとこいをかたろう
ほほえまれて　ほほえみかえす
そんなしあわせ　ゆめみてみたくて・・・

『　最良　』

今このときだけ　　もう一度だけ・・・・・。
今このときだけ　　もうこれだけ・・・・・。
信じる力を与えてください。
夢見る気持ちを許してください。
君を信じさせてください。

そして、すべてのものに愛と祝福を・・・・・・！！
何度、思ったことだろう
何度、誓ったことだろう

今このときだけ　　許されるなら
ただ、君と・・・・・・・・
ただ、君と・・・・・・・・

『　ラストダンスに君を誘おう　』

何があっても　前を向いていよう

もうお仕舞い？
もうフィナーレ？

そう……。

君が引いた幕

君が引く幕

君にしか引けない幕

やめることは　　いともたやすいこと

やめないことも　いともたやすいこと

何があっても　前を向いていよう

今が始まり
今がプロローグ

人生のラストダンスに　誰を誘おうか？

『　勝者の条件　』

何があっても決してあきらめないこと
何があっても決して捨てないこと
何があっても決して投げ出さないこと

そして、悲しむこと
　　　　沈むこと
　　　　裏切られること
　　　　傷つけられること

何があっても、どんなことも受け入れること
何による、どんな痛みなのかを知ること

“勝者の条件”

それは、敗者になること

『　不死鳥の涙　』

果てしなく追い駆けていたはずの夢のかけらを跡にして
心の奥に過去を置き去りにしたままで
何を成そうというのだろう
過去を誇りに思うことは
過去の栄光にしがみつくことじゃない
無理やりに変わろうとするのは努力じゃない
果てしない夢は果てしないままに
儚いかけらは儚いままに
消え逝くものは消え逝くままに

失ったものを数えるよりも
失ったことを認めよう
失ったことを哀しむよりも
失ったからこそ得たものを見つけよう

現実を見つめることがつらい事のはずがない
はからずも自らが招いた結果なのだから

不死鳥が不死鳥たる理由？
そんなものとっくにあなたの中にあるでしょう？

『　風の行方　』

その一瞬の　　時間の重さと
それまでの　　時間の長さと

比重はどちらにあるのだろうか

その一瞬の　　思いの強さと
それまでの　　思いの深さと

価値はどちらにあるのだろうか

分かっていることはどちらにせよ

比類なき時間であり
比類なき思いであるということ

良くも悪くも　　強くも弱くも

すべてを含めてこその自分であるということ

それはおそらく・・・

自分というものに対する“比重”
自分というものに関する“価値”

決めるのは“誰”？

『　A guardian　』

そっと見上げた冬の夜空に　　舞い降りたひとひらの雪

手のひらにすっととけてなじむ　　その感触
心の中にすっとしみこんでゆく　　その感覚

聖なるものよ
永久なるものよ

汝は今、この地に舞い降りた

自らの明日さえ信じることのできなかった
この世の中に
たった一人の人すらも信じることのできなかった
この世の中に

確かに君は舞い降りたのだ

何事もなかったかのような手のひらの中に

はかり知れぬ　愛情と
はかり知れぬ　真実と
はかり知れぬ　想いを　与えてくれた

そして今この瞬間《とき》に
本当の居場所を見つけることができたのだ

“天使” はあなたの中でちゃんと羽根を休めています
“天使” にとっての “guardian” はあなたなのです

いつまでもいつまでもいることでしょう
生きるも死ぬもあなたと共に……。

そう……二人の願い事は　ただ一つだけ。
　　　　常に共に在る事　ただ一つだけ。
　　　　真実は　　　　　ただ一つだけ。

終わりに・・・・。

あなたにとって「人生の扉」は何枚あるのでしょうか？　一枚ですか？　二枚ですか？　それ以上でしょうか？　私にとっての扉は「無限大」です。ありすぎて数え切れないくらいなのです。それは特別なことでしょうか？　特殊なことでしょうか？　いいえ、違います。それはおそらく誰にとってもあたりまえのことなのです。

今からでも遅くありません、遅いなどということはありえないのです。
何事もそう、遅いはありえない、早いもありえない・・・・。
すべて、あなたの思ったその時がすべき時であり、成される時なのです。

さあ、「人生の扉」をあけてみませんか？　そこには何があるでしょうか？
何が用意されることでしょうか？　しかし、勘違いしてはいけません。
扉を開けるのもあなたなら、何かを用意するのもあなたなのです。あなただけの最上級の自由をその手に、あなただけの人生をまっとうすることこそが真の誇りといえるでしょう。

著者プロフィール

前田 頼子（まえだ よりこ）

愛知県出身。
岐阜経済大学卒業。
現在は関塾講師。

A guardian

2002年8月15日　初版第1刷発行

著　者　前田 頼子
発行者　瓜谷 綱延
発行所　株式会社文芸社
〒160-0022　東京都新宿区新宿1－10－1
電話03-5369-3060（編集）
03-5369-2299（販売）
振替00190-8-728265

印刷所　株式会社平河工業社

ISBN4-8355-4271-1 C0092